Underdanig Bibliotekar

og andre historier

Erika Sanders

Underdanig Bibliotekar og andre historier

Erika Sanders
Serie
Dominans og erotisk underkastelse

Udvalgt billede: @ Tawny Nina Botha - Pixabay, 2023

Første udgave: 2023

Synopsis

Underdanig Bibliotekar er en roman med stærkt erotisk BDSM-indhold og til gengæld en ny roman, der tilhører samlingen Erotic Domination, en serie af romaner med højt romantisk og erotisk BDSM-indhold.

(Alle karakterer er 18 år eller ældre)

Bemærkning om forfatter:

Erika Sanders er en kendt international forfatter, oversat til mere end tyve sprog, som signerer sine mest erotiske skrifter, langt fra sin sædvanlige prosa, med sit pigenavn.

UNDERDANIG BIBLIOTEKAR OG ANDRE HISTORIER
ERIKA SANDERS

UNDERDANIG BIBLIOTEKAR

"Frøken, vil du være så venlig at vise mig, hvor de erotiske bøger er?" sagde en mandsstemme bag mig.

Jeg frøs, mine fingre fikseret på tastaturet på min computer.

Et øjeblik lukkede jeg øjnene og slugte.

Jeg mærkede de nederste muskler inde i mig strammes.

Jeg mærkede mine brystvorter stivne mod satinet på min bh.

Det var ikke hans ord, det var hans stemme.

Det var, hvad han gjorde ved mig.

Jeg blev ved med at lytte til ham selv nu, hvor han var blevet tavs, og det vækkede i mig et ønske om den tiltrængte frigivelse.

Det var meget glat.

Som hvide chokoladetrøfler, mit vidundermiddel, der glider ned i min hals.

Dybt, ligesom da jeg...

Jeg inhalerede og slap langsomt vejret, mine fingre krøllede nu, mens jeg forsøgte at holde balancen.

"Jeg vil med glæde hjælpe dig, sir."

Jeg udstødte et blødt, men hørbart gisp og et umiskendeligt støn.

Da jeg vendte mig om, hørte jeg min egen skarpe vejrtrækning.

Han stod på den anden side af receptionen med stadig solbriller på, hans faste læber rystede let.

Jeg indså, at jeg ville smile.

Jeg sporede linjerne i hans røde overskæg og fipskæg med mine øjne, min tunge fløj ud for at slikke min underlæbe, selvom jeg forsøgte at modstå bevægelsen.

"De erotiske bøger, frøken?"

Jeg løftede mine øjne og forestillede mig, hvilke ideer der løb gennem hans hoved.

"Ja, herre, denne vej."

Jeg gik rundt om disken, mens mine knæ rystede lidt.

Jeg stoppede for at genvinde balancen og bandede mig selv for at have brugt de sorte høje hæle i dag.

De ville være et helvede at komme ned ad trappen til underetagen.

Jeg mærkede varmen fra hans krop bag mig, da vi gik mod referenceafsnittet.

Jeg holdt mine hænder fast på siden og ville nå ham.

Vil gerne være på min retmæssige plads bag ham og lade ham guide mig.

Men jeg bevarede min professionelle ro og fortsatte med at arbejde os gennem hylderne i encyklopædierne.

"Damer først," sagde han, da vi nåede indgangen, der førte til etagen nedenfor.

Jeg himlede med øjnene og vidste, at han ikke kunne se dem.

Men en del af mig ville ønske, han havde.

Jeg undertrykte et fnis og greb fat i gelænderet og begyndte den langsomme nedstigning.

Jeg kunne være en dårlig pige, når jeg ville.

"Var der noget særligt, du ledte efter, sir?"

"Den erotiske romantikafdeling. Jeg skrev det navn, jeg leder efter, på et stykke papir. Lad mig se, om jeg kan finde det."

Vi var nået bunden uden uheld, selvom min hæl to gange havde fanget kanten af de smalle metaltrin.

"Ny eller brugt, sir? Resten af de nye paperbacks er også gemt her. Vi opbevarer dem bare ovenpå i et par måneder."

"Ny, bedre."

"Så må vi gå denne vej," sagde jeg og drejede til venstre og gik ned ad en svagt oplyst gang, hvor min puls steg for hvert skridt.

Hans vejrtrækning blev tungere, da han fulgte efter mig.

Vores sko klikkede på kældergulvet, lyden dæmpet af hylderne med bøger omkring os.

Over os summede og flimrede et lys.

Jeg lavede en mental note for at rapportere den defekte pære.

"Hvad hed bogen?"

"Jeg kan tilsyneladende ikke finde min note. Men forfatteren startede med E og efternavn Sanders, Erika? Jeg ville kende titlen, hvis jeg så den."

Jeg pegede på et sæt hylder på den anden side af rummet.

"Så er det måske bedst at starte der."

"Efter du savner."

Jeg mærkede hans hånd på den lille del af min ryg, da vi nærmede os det rigtige afsnit.

Jeg lukkede kort øjnene og ville stønne.

Det var vist længe siden, jeg mærkede hans berøring, selvom det først havde været tidligt i morges.

Gennem min skjorte kunne jeg mærke varmen fra hans hud brænde min.

"Jeg kunne hjælpe dig med at kigge, hvis du kunne give mig et hint. Et ord måske?"

"Sex. Jeg tror, det havde noget med sex at gøre."

Hans stemme var en lav hvisken mod mit øre.

Så pressede han sig mod mig og skubbede mig hen mod et lille skrivebord for enden af gangen.

Da jeg ikke kunne komme længere, øgede han trykket på min lænd og vippede mig fremad.

"Men min interesse for at læse er ved at aftage lige nu. Jeg vil hellere opleve det."

Jeg gispede og tog fat i kanten af skrivebordet for at holde mig i ro.

Mine bryster slog mod den kolde, hårde top.

Jeg stønnede, da jeg mærkede hans ophidselse gennem hans bukser og min nederdel, mens han langsomt gned sig mod mig bagfra.

Jeg slugte, mens hans hånd gled længere mod syd og kærtegnede min røv.

Klæber sig til nederdelen.

Trækker mine trusser ned til mine knæ.

Da hans fingre strøg mod min fisse og pressede mellem mine hævede læber, klynkede jeg højlydt.

" shhh "

Han fortsatte med at stryge mig så langsomt, at det var vildt.

Hans anden hånd legede med mit hår og løsnede den knold, han omhyggeligt havde lagt på den i morges.

Jeg bed mig i underlæben og hvilede kinden på skrivebordet.

Jeg klynkede igen, da hans hånd forsvandt mellem mine ben.

"Vær en god pige. Bevæg dig ikke."

Jeg hørte ham spænde sit bælte op og lyne sine bukser op.

Jeg hørte hans bløde suk, da han sandsynligvis befriede sin pik fra sine boksers grænser.

Jeg hørte mit eget hjerte banke vildt i mine ører.

"Husk nu, frøken, vi er på et bibliotek. Jeg hørte, at der er strenge regler for at lave høje lyde. Og straffen for at bryde de regler... ja, jeg er sikker på, at du er klar over, hvilke pligter det er at være en bibliotekar er og alt det der." ".

Hans fingre kærtegnede min fisse igen.

Men noget var ikke rigtigt.

Han tog også fat i mine hofter med begge hænder.

Jeg stønnede af glæde, da jeg indså, at det var hans pik, der gned mig der.

Et højt knæk lød, da det ramte min bare bund og fik mig til at hoppe og skrige.

"Jeg stillede dig et spørgsmål, frøken."

"Jeg-undskyld, sir."

"Er du spændt?"

"Ja Hr."

Han pressede sig frem, hans pik trængte lige så lidt ind, mens han vippede hofterne frem og tilbage.

Jeg spredte mine ben så bredt, som de kunne, mens mine trusser stadig skubbede mine knæ sammen.

Da han var helt inde i mig, flyttede han en hånd til min lænd.

Han viklede mit løse hår om sin anden hånd og trak.

Jeg skreg og kiggede på den kolde grå væg.

Han havde den så stor inde i mig og strakte mig vidt.

Han pustede, da han gik roligt ind og ud.

Han slog min numse igen og bøjede mig så hen over skrivebordet igen.

"Det her er en god pige. Dejlig og stram. Meget våd. Lige som din herre kan lide dem."

Jeg stønnede, min krop bad ham om at bringe mig til klimaks.

Igen vuggede jeg mod ham og fulgte hans rytme.

Det gav mig endnu et hit.

"Rør dig ikke, Lille. Jeg knepper med dig. Du får din chance senere. Og hold kæft."

Jeg prøvede ikke at larme.

Jeg prøvede meget hårdt.

Jeg vidste, at der var andre mennesker på biblioteket, men ingen plejede at gå ned i kælderen.

Men af alle de dage for nogen at vandre her, er i dag måske dagen.

Og alligevel ønskede jeg også, at nogen ville finde os skide, så jeg kunne omfavne den smule ekshibitionisme gemt et sted inde i mig.

Men da han dukkede ind og trak sig ud og trak i mit hår, kunne jeg ikke lade være med at stønne og gispe.

Han skreg, da han besluttede at slå mig.

Han kneppede mig i flere lange minutter.

Det føltes så godt.

Men i denne vinkel kunne hun ikke nå orgasme.

Og han vidste det.

Han slap min ryg, greb stadig fat i mit hår, og slog min numse.

Stærk.

Hans stemme hvislede, da han spurgte:

"Kan du lide det, skat?"

knurrede jeg.

"Ja sir! Jeg kan lide det hårdt"

"Ja, hvad, lille?"

Det ramte mig igen.

De skarpe lyde og korte smerter, da hans hånd sluttede sig til min bare hud, konkurrerede med mine skrig.

Især da han fortsatte med at skubbe sin store pik ind i min fisse.

Jeg kunne ikke tænke.

Jeg kunne ikke tale.

"Jeg venter."

Endnu et slag.

"Hvis jeg elsker!" Jeg gispede.

"God pige."

Hans frie hånd gled ind under mig og kærtegnede min klit.

Jeg skreg, mens min krop rystede.

Men det var ikke tid nok.

Hans hånd forsvandt, og han trak sig pludselig helt tilbage.

"Rejs dig lille, og vend dig om."

Mine ben var følelsesløse, da jeg adlød.

Jeg lænede min numse op mod skrivebordet et øjeblik, men rejste mig straks op igen og grimaserede.

Jeg troede ikke, jeg ville være i stand til at sidde ned i et par timer.

"Tag dit tøj af."

Jeg åbnede min mund, men lukkede den, da jeg så ham vippe hovedet ned og kigge på mig gennem kanten af sine solbriller.

Jeg lynede min nederdel op og gled den af, mens jeg trak mine trusser ned i processen.

Jeg knappede min bluse op, tog den af og tilføjede min bh til den voksende bunke på gulvet.

Han kiggede på mig med et smil på læberne, hans tunge stak ud, hver gang han afslørede mere af min hud.

Så løsnede han slipset og slap det.

Han snurrede fingeren i vejret.

Jeg vendte mig om endnu en gang.

Stille tog han mine hænder, trak dem bag min ryg og bandt dem med sit slips.

Så pressede han min skulder, og jeg så ham igen.

"Læn dig tilbage."

Jeg bed mig i underlæben, men adlød.

Min numse var stadig meget øm, især da kanten af skrivebordet gravede ind i mine forslåede muskler.

Og nu med mine hænder også bundet bag ryggen, kunne jeg ikke bruge dem til at støtte min krop.

"Spred benene. God pige."

Han hvilede sin venstre hånd på min højre skulder for at balancere mig, før han dækkede min fisse med sin anden hånd.

Jeg lukkede mine øjne, da to af hans fingre pressede sig mellem mine hævede læber og gned min klit.

Jeg lod mit hoved falde tilbage og gik væk fra ham mod væggen bag mig.

Han tvang mine ben længere fra hinanden og løftede min fisse, så hans fingre kunne kærtegne den dybere.

Jeg glemte alt om smerten.

Og hvor sårbar jeg var, hvis nogen fangede os.

Det eneste, jeg kunne tænke på, var at nå den klippe og falde hovedkulds bagefter.

Han klatrede og klatrede og klatrede... stønnede under mit nik.

"Åh, lille skat. Hvad fortalte jeg dig om at være stille?"

Jeg gispede, da han fjernede sin hånd og trak mig op.

"Ned på knæ."

Jeg klynkede, da han hjalp mig på knæ.

Mine hænder hvilede på min ømme bund.

Kanterne af hans slips børstede bagsiden af mine lår.

Jeg kunne stadig mærke brodden af hans berøring, varmen fra min hud, hvor hans hænder havde været.

Min fisse knugede sig af den tomhed , der var der nu.

"Åbn munden."

Jeg lænede mit hoved tilbage og tabte min kæbe.

"God pige."

Han kærtegnede min kind med bagsiden af sine fingre et øjeblik.

Så puttede han sin tommelfinger i min mund, fugtede den med min tunge og gned sin finger over min underlæbe.

"Du er så fucking dejlig, min dame. Min pige."

Med det løftede han sin pik og erstattede sin tommelfinger med hovedet på sin pik.

"Slik den."

Jeg stak tungen ud og dækkede spidsen med mit spyt.

Han gned sin pik frem og tilbage og rundt om mine læber.

Og så stønnede jeg.

"Hvad skal jeg nu med de lyde, du laver?"

Han strakte sig over min hage, rykkede forsigtigt for at få mig til at åbne mig bredere, og gled så sin pik ind i min mund, indtil den hvilede på min tunge.

"Ja, det kan virke for at få dig til at holde kæft."

Jeg blinkede, men holdt mine øjne på hans ansigt.

I hans smil kunne jeg se mit spejlbillede i hans briller, og jeg stønnede igen.

Han skubbede sin pik dybere ind i min mund og fik mig til at kneble.

Han trak sig langsomt tilbage og gik så ind igen.

Igen og igen fyldte han min mund, og hans stive hud gned sig mod mine våde læber.

Han trak sig helt ud og slog sin pik mod mine læber et par gange.

"Tag en dyb indånding."

Jeg lukkede munden og slugte, smagte min egen væske og hans præcum på min tunge nu, og så åbnede jeg den igen.

"Sikke en god pige."

Han fortsatte med at glide sin pik ind i min mund igen, hans hænder på hver side af mit hoved.

Så stødte han sine hofter frem og tilbage og kneppede min mund, som om han havde min fisse.

Han fortsatte i flere lange minutter, tog fat i mit hår med den ene hånd nu og holdt mit hoved tilbage.

Fra tid til anden sagde han til mig, at jeg skulle sutte eller slikke kun kronen.

Og nogle gange stoppede han og begravede sin pik så dybt, at jeg kunne mærke den i min hals, og jeg kunne mærke hans baller mod min hage, og den krydrede lugt af hans manddom invaderede min næse.

Han rakte ned og klemte min brystvorte eller kærtegnede mit bryst flere gange, men han dvælede aldrig for længe og fyldte altid min mund med sin pik i den dybde og hastighed, jeg ønskede.

Jeg klynkede og klynkede, men de lyde, jeg lavede, var nu dæmpede.

Og hele tiden hviskede han opmuntrende ord.

"Det er din herres gode pige. Gud, det føles så godt at have din mund viklet om min pik. Ja, skat. Sådan. Mmmm. Bliv ved med det."

Med al denne bevægelse gled mine briller ned ad min næse.

"Se på mig, Lille. Åh skat, du er så fucking varm som denne. Min pik i din mund, dine øjne på mig. Du er så hjælpeløs, prisgivet min nåde. Og de briller. Åh, shit!"

Han kneppede mig et par gange mere, og så mærkede jeg hans varme sperm ramme bag i min hals.

Han holdt mit hoved stille, hans pik pressede mod min tunge og min mund.

Da han var færdig, sagde han:

"Slik det. Lad det være rent, skat."

Jeg gjorde det bedste, jeg kunne uden at bruge mine hænder.

"Dette er min gode pige."

Han strøg mit hår, indtil han var tilfreds.

Han hjalp mig med at rejse mig og satte mig på skrivebordet.

Inden jeg nåede at reagere, kastede han en hånd ind i min fisse og dækkede min mund til med sin, og forstummede mit overraskelsesråb.

Hans anden hånd dækkede et af mine bryster og til sidst kærtegnede min ømme brystvorte under hans håndflade.

"Sperm for din herre, skat," hviskede han, mens han lod mig trække vejret.

Så kyssede han mig igen og skubbede sin tunge mod min samtidig med, at hans fingre legede med min klit.

Denne gang besteg jeg den klippe og faldt til sidst, min krop rystede under den.

Han slugte mine skrig, hans krop dækkede min, pressede mig mod skrivebordet og væggen, indtil jeg lå stille under ham.

Jeg blinkede, mens han trådte tilbage, stak sin pik i lommen og glattede sit tøj ud.

Han hjalp mig med at stå op igen og løsnede mine håndled.

"Bliv klædt på, lille skat. Reparer dit hår."

Jeg samlede mit tøj op fra gulvet i en omtumlet.

Jeg trak hurtigt mit hår ind i en knold og rettede mine briller.

Da jeg først var klædt på igen, lagde han en skål over min kind og smilede til mig.

"Nu, om den bog, jeg ledte efter..."

Jeg rømmede mig og trak en tilfældig bog ned fra hylden.

"Jeg tror, det er den, De ville have, sir. Den var her hele tiden synligt."

"Hvor har du ret, frøken. Jeg er så glad for, at der er en kompetent bibliotekar, når du har brug for en."

"Når du vil, sir," smilede jeg og forlod hylderne. "Når du vil, er jeg her for at tjene dig i alt, hvad du har brug for."

SEKSUEL ØNSKE

Min kære, jeg vil have dig til at sidde foran din computer og vise et billede, et visuelt stykke, som en fisse.

Ikke ansigtet og kroppen, kun bøjede knæ og spredte ben.

Med lange og smukke elegante fingre, der adskiller skedelæberne lidt.

Forestil dig, at jeg går ind og sidder ved dette skrivebord fuldt påklædt.

højhælede, ankelomsluttede, spidse sorte lædersko på hver side af dig.

Du læner dig tilbage og smiler, og jeg læner mig også smilende tilbage.

Jeg løfter min tynde, silkebløde sorte kjole, og du ser, at mine trusser mangler, og glansen af min våde på min slids er allerede til at mærke.

Du vil se spidsen af et sort korset, som strømperne også er fastgjort til.

Jeg løfter min kjole med begge hænder opad, trækker den over hovedet og afslører for dig læderkorsettet, der kun er et par centimeter bredt.

Mine brystvorter er oprejste og høje, mens de stikker ud fra toppen.

Du læner dig ind, men jeg er her for at lege med dig, og jeg bruger mine spidse sko til at holde dig, hvor du er.

Jeg ser en mærkbart voksende pik, der skal ud af hans bukser, og jeg beder dig om at knappe dem op.

Jeg fører min tunge langs mine læber langs deres længde, smilende, mens du glider ned af dine bukser.

Hovedet på din pik stikker ud af dine boksere, og det har også en lidt krævende glans over sig.

Det er sådan her af en god grund.

Dette syn af din oprejste pik tænder mig pludselig, og jeg beder dig slikke mig.

Du læner dig frem og gør det, idet du skiller mine læber lidt ad for at finde min klit.

Man tager det i munden, så det stikker lidt mere ud.

Jeg havde bare brug for det tryk på din tunge for at få mig i gang.

Mens jeg bliver godt tilpas, beder jeg dig tage din pik i din anden hånd og stryge den let.

Du gør det, men jeg kan fortælle dig, at du har brug for mere, det er ikke nok.

Jeg tvinger dig til at gå på knæ for at tage dig helt ind i min mund, skiftevis slik fra bunden til toppen, fra top til bund og tilbage til ballerne, slikker indersiden af hvor skridtet er.

Du kan lide, hvad du ser, når jeg knæler, min røv er så tynd som et par centimeter bred, og min anus er stram og indbydende.

Jeg rejser mig igen, fordi jeg er for tæt på klimaks.

Jeg rejser dig og dine bukser går ned forbi dine knæ.

Du har stadig dine sko på, dit slips stadig bundet, men din skjorte knappet helt op.

Jeg elsker at skulle se så meget af din hud som muligt.

Nu hvor du står, beder jeg dig vende ryggen til mig .

Må du åbne dine ben nok til, at jeg kan knæle bag dig.

Min tunge slikker dine ben, slikker dine baller og endda revnen af din røv, slikker og hvirvler min tunge rundt om din anus.

Jeg tager en vibrator op af tasken og spørger, om jeg må bruge den på dig, men inden du svarer, lægger jeg den ind mod din hud.

Med min mund har jeg efterladt spyt over hele din røv, så alt er smurt.

Jeg sætter den på lav hastighed og kører den over dine baller og mellem dine baller og dit røvhul.

Min anden hånd går mellem dine ben og griber din pik, stryger og vifter den.

Vibratoren føles godt i din røv.

Jeg sætter den ved siden af din anus og skubber en af de to spidser, den tynde, som også er min favorit.

Dette glider ind, og jeg sætter den anden spids mere mod midten, bag dine baller, igen og ser, hvordan fornemmelsen tager dig til et andet niveau.

Dine hænder griber om skrivebordet, og dine øjne er lukkede og giver efter for, hvad jeg vil.

Men jeg bliver sådan og stryger lidt, mens jeg lader summen få dig til at spekulere på, hvad der nu skal ske.

Jeg stopper brat og beder dig vende om.

Du gør det, og dit ansigt rødmer.

Du nød virkelig dette og kom tættere på den tilstand, du ønsker.

Men jeg foretrækker at sætte farten ned for at tage dig tilbage til min mund.

Jeg er så varm som helvede, og jeg er ved at miste lidt kontrollen.

Så jeg får dig til at sidde ned igen og jeg knæler foran dig og beder dig om at kærtegne dig selv, men langsomt.

"Kærtegn dig selv min elskede."

Mens jeg knæler foran dig og læner mig tilbage på mine hæle.

Jeg tænder vibratoren og gnider den på ydersiden af min vagina, over klitoris.

Det tager mig mindre end et sekund at nå orgasme.

Jeg har spredte ben og knæ, og jeg læner mit hoved tilbage, spreder min fisse med mine hænder og vil have dig til at se mine orgasmemuskler bevæge sig.

Jeg holder vibratoren, indtil jeg er færdig, og min egen saft vælter ud.

Jeg ser på dig, og du onanerer og øger tempoet.

Dit tempo er blevet hurtigere, og det er så spændende, at jeg ligger på knæ og beder dig om at komme i hele mit ansigt og på brystet.

Og ja, bestemt, det er sådan man gør det.

Jeg ser, hvordan strålerne af din mælk kommer ud mod mig.

Men du ender med at sprøjte på computerskærmen og på tastaturet .

Vi siger farvel til en anden gang, og du slukker for webcam.

VELKOMMEN FUGT

Glenn kommer hjem efter en hård dag på arbejde og efterlader sin dokumentmappe og frakke ved døren.

Han synes, at huset er usædvanligt stille, men lægger ikke meget mærke til det og går til soveværelset.

Mens han går op ad trappen, dufter han den vidunderlige duft af sin elskede kone Susans parfume.

Da han når trappeafsatsen, hører han de svage lyde af musik, der svagt flygter gennem døren til hans værelse.

Han sørger for ikke at larme og åbner langsomt døren.

"Susan?" Siger han med en ret dyb mandsstemme.

Efterhånden som døren åbnes bredere og bredere, får synet af hans nøgne krop, der ligger på sengen, ham til at ryste.

"Ja skat." siger hun med lummer stemme.

Han begynder at gå hen mod sengen, men hun beder ham om at stoppe.

Forundret gør han, som han får besked på, velvidende at hun har noget på hjerte.

Hun står ud af sengen.

Hans krop bevæger sig med stor ynde.

Han kan ikke undgå at være fikseret på hendes lækre bryst, der bevæger sig lidt, mens hun går hen mod ham.

Han mærker sin pik stivne, mens hans tanker passerer igennem "Hun er så smuk".

Hun rækker hænderne ud og løsner hans bælte.

Også hans bukser, han knapper dem op og sænker dem.

Dette får ham til at ryste af begejstring.

Siden hun ser ham så ophidset, smiler hun og trækker hans boksere ned med et sultent behov for at sutte hans hårde lem.

Hun lægger forsigtigt sine hænder på hans nu oprejste pik og stryger den langsomt.

Så stikker han tungen ud og slikker hovedet, inden han lægger det i munden.

Han stønner, da hun begynder at sutte hans hårde pik.

Flytte den ind og ud af munden hurtigere og hurtigere.

Så vender han langsomt tilbage til et lavt tempo og hvirvler tungen rundt om hovedet, mens han stryger den med hånden.

Han stønner, mens hendes hånd kærtegner det lyserøde hoved på hans pik.

Så slikker hun hans baller til spidsen af hans pik.

Hun tager det ud af munden og rejser sig for at kysse ham lidenskabeligt, mens hun tager hans skjorte af.

Han slår sine varme arme om hende, trækker hende tættere på sig og mærker hendes bryster presset mod hans bryst.

Mens de kysser, løber hans hænder ned ad hendes krop og mærker hendes bløde hud under hans fingerspidser.

Hans hænder bevæger sig over hendes røv, og han klemmer den hårdt.

Han løfter hende i røven, der vikler hendes ben om hans talje og bevæger sig mod sengen.

Han lægger hende forsigtigt ned og bevæger sig oven på hende.

Han kysser hende dybt ned til hendes hals og bryst.

Han slikker langsomt rundt om hendes højre bryst og kommer tættere på hendes nu oprejste brystvorte.

Han placerer hendes brystvorte i munden og sutter på den og bider blidt i den.

Han bevæger sig til det andet bryst, rækker ned og begynder at gnide hendes klit, hvilket får hende til at øge vejrtrækningen og begynde at stønne let.

Han gnider hurtigere, mens han kysser hendes mave med fokus på hendes navle.

Hun mærker, at hun bliver meget våd, og hendes vejrtrækning bliver hurtigere.

Han kysser hendes søde høj og erstatter derefter sine fingre med sin tunge.

Forsigtigt sutter og bider hendes klit.

Dette sender hende på en bølge af glæde, jamrende.

Så indsætter hun en finger, der løber forbi hendes hævede fisselæber og ind i det hemmelige, glatte sted.

Han glider sin finger langsomt ind og ud og indsætter så hurtigt endnu en finger, mens hun stønner.

Han fortsætter med at koncentrere sig om at sutte på hendes klit, mens hans fingre i høj grad rammer det særlige sted inde i hende, som han ved driver hende helt til vanvid.

Hun stønner højlydt og mærker en prikkende fornemmelse fra højre ben op og rundt om kroppen og ud til venstre ben.

"Åh skat!" hun stønner, "Det føles så godt!"

Glenn ved, at hvis han fortsætter med dette, vil hun helt sikkert gå ud over kanten, så han sætter farten ned og kysser hende tilbage for at fortære hendes mund.

De deler et lidenskabeligt kys.

Deres tunger danser sammen.

Han fjerner fingrene fra hendes nu gennemblødte fisse og begynder at massere hendes højre bryst.

Hendes støn undertrykt af kyssene.

Kysset brydes, og hun hvisker i hans øre:

"Jeg har brug for dig indeni mig, skat."

Omtalen af hans hårde pik, der glider ind i sin elskers våde fisse, får ham til at grynte af begær, og han bevæger sig oven på hende.

Han spreder hendes ben med sine hofter og placerer sig for at komme ind i hende.

Han leger med det, indsætter kun hovedet og trækker sig så langsomt tilbage.

"Vær venlig at give det hele til mig." Hun beder ham, men han sejrer og følger tempoet i spillet, indsætter kun spidsen og trækker den tilbage, når hun begynder at stønne.

Til sidst, på et uventet tidspunkt, kører han sit hårde medlem hele vejen for at få hende til at skrige.

Han begynder langsomt at støde ind og ud af hende med lange, hårde strøg.

Han begynder at stryge hårdere og hurtigere ved at trække i hendes numse for dybere penetration.

"Åh Gud, du har det så godt indeni mig. Jeg elsker dig så højt, når du knepper min fisse."

Ved dette knurrer han og trækker sig pludselig tilbage.

Han tegner, at hun skal vende sig om, og hun gør det hurtigt med et hop af begejstring.

Han ved, at det at komme ind bagfra er en af hendes yndlingsstillinger, og han elsker også at give hende det på den måde.

Han sætter sin pik ind i hende og begynder at støde hårdt og hurtigt.

Hun stønner højt og fortæller ham højere.

Han elsker at kneppe sin dejlige kone, så han begynder at blive mere barsk med hende.

Hans krop og baller slår mod hendes nu røde røv.

Hun begynder at skubbe tilbage i hans stød, hvilket får hans pik til at gå endnu dybere ind.

De stønner begge af fornøjelse.

"Åh, jeg har tænkt mig at komme, skat. Er du klar til mit sperm?"

"Åh ja skat, jeg skal også komme."

Et par slag mere, og Susan skriger af fornøjelse, og hendes krop begynder at ryste, mens hendes orgasme overvælder hende.

Glenn mærker væggene i hendes fisse begynder at malke hans pik, og han kan ikke holde det mere.

Han knurrer hendes navn og skyder sin varme sperm dybt inde i hendes nu cremede og våde fisse.

Susan, udmattet af hans eksplosion, hviler på sine albuer, mens hun mærker, at han skyder et par flere sperm ind i hende.

Tilfreds og forsøger ikke at falde oven på hende, trækker han sig langsomt tilbage fra hendes fisse og griber hende i taljen og trækker hende op på sengen med sig.

De ser ind i hinandens øjne, begge overskygget af de kraftige orgasmer, der lige var gået gennem deres kroppe for få sekunder siden

.

En tilfredsstillelse af gensidig viden dvæler i rummet, mens de to falder i søvn i hinandens arme.

KLÆDT PÅ TIL LEJLIGHEDEN

Nattens stilhed omringede hende, pressede sig ned på hende med sin sindsro og forsøgte at dulme hendes angst.

Det kunne dog ikke berolige hende.

Uhæmmede følelser, som hun ikke var vant til og aldrig havde oplevet før , bølgede gennem hendes krop og gjorde hende nervøs.

Hendes hæle klikkede blødt langs den asfalterede sti, mens hun så op mod himlen.

Hvorfor skal du derhen i aften?

Hvorfor havde hun klædt sig sådan?

Hun kunne mærke den kraft, hans blik havde over hende.

Hun sukkede og lod sit sind stoppe med at tænke på de begivenheder, der kunne ske i aften.

***

Det føltes som om hvert øje var på hende, da hun trådte ind i lokalerne.

Hendes stiletter klikkede mod trægulvet, da hun krydsede dansegulvet og nærmede sig baren.

Nederdelen af hendes røde og sorte outfit svajede fra side til side for hvert skridt, den røde stribe fløД mod hendes knæ, mens den sorte hvilede et par centimeter over den.

Blusen hang løst fra hendes skuldre, ned ad hendes bryster og hoppede lige nok til at tiltrække opmærksomhed med hvert skridt hun tog og viste en generøs mængde hud.

Og uden bh.

Hun vidste, hvordan hun så ud i dette outfit.

Hun lignede en tøs.

Hun havde afsluttet looket med en sort blondechoker om halsen og blot et strejf af rød læbestift.

Han sad mellem en mand og en kvinde og smilede til tjeneren.

"Hej James."

"Samy. Det er godt at se dig igen." Han lod sine øjne glide langsomt over hendes ansigt og bryster. "Meget godt, faktisk. Og hvem er anledningen til?"

Hun rystede på hovedet og smilede, hvilket fik en streng krøller til at falde over hendes øre.

"Der er ingen lejlighed. Jeg fik bare lyst til at klæde mig sådan."

Han rakte ud over stangen og lagde krøllen bag hendes øre.

Hans fingre børstede siden af hendes kind, og hun glemte næsten, hvordan hun skulle trække vejret.

"Du burde klæde dig sådan her oftere."

"Måske vil jeg."

"Jeg tager fri fra arbejde nu i aften omkring elleve. Vil du danse bagefter?"

Hun nikkede langsomt, ude af stand til at rive sit blik fra hans.

Med meget langsom præcision lænede han sig ind over stangen og førte sine læber til hendes, og uddybede kysset lige nok til, at hun ville have mere, før han trak sig væk.

"Omkring tyve minutter."

***

Disse tyve minutter havde aldrig virket længere i Samys liv.

Hun iagttog alt omkring sig hele tiden, opmærksom på hver bevægelse, han lavede, uden selv at se på ham.

Det var, som om hendes sanser var afstemt efter hendes krop, men hun sprang alligevel, da han rørte ved hende på bagsiden af skulderen.

Han havde knappet kraven op på sin sorte skjorte og smilede til hende og rakte hånden frem.

"Jeg tror, du skylder mig en dans."

Da hun lagde sin hånd i hans, var det, som om et lille stød af elektricitet gik gennem hendes krop.

Han smilede, da han førte hende til et hjørne af dansegulvet og trak hende så tæt ind til kroppen, mens sangen ændrede sig.

Det var langsomt og forførende, og hans slag så ud til at matche hendes hjerte, da hun pressede sig mod ham.

Og ligesom hun var meget opmærksom på de hårde konturer, der bølgede mod hendes bløde krop.

Hun gled sine arme rundt om ham og pressede sine hænder mod hans bløde bagerste kurver, mens de svajede frem og tilbage.

Han lænede sig ned og pressede sine læber mod hendes, forsigtigt skilte dem ad og forførte hende med sin tunge.

Hans hånd gled lavere på hendes ryg, hvilende på hendes hofte, og gled lavt nok til at kærtegne den ene kind af hendes røv, mens han trak hendes underkrop mod sin.

Hun gispede, da hun mærkede, hvor hårdt han virkelig pressede sig mod hende, og hun kunne have svoret, at hun hørte ham stønne.

Men lige som han gjorde, råbte den anden tjener på ham, og han sukkede, mens han lagde hovedet tilbage.

"Samy... jeg kommer straks tilbage. Jeg sværger, jeg vil. Gå ikke nogen steder."

Hun nikkede noget tåbeligt, da hun gik væk fra dansegulvet og ind i en afsidesliggende bås.

Han så på, hvordan James gik tilbage ind i baren og lænede sig ind over ham igen og talte med Joseph.

Joseph var vikar for bartender for natten.

Han tog altid over, når James gik på pension.

Da han så en høj, langbenet blondine slutte sig til dem, indså han noget.

Hun var ikke sådan en pige.

Jeg anede ikke, hvad jeg lavede.

James var den slags mand, der altid havde en hvilken som helst pige til rådighed, enhver høj, blond, super sexet pige.

Og hun var lav, mørk og latinsk.

Hun forlod at løbe.

Så hurtigt og stille han kunne.

Han gik mod døren, og da han kiggede sig over skulderen, så han blondinen læne sig tæt ind til James og føre fingrene op ad hans arm.

Hun sukkede og rystede på hovedet, mens hun fortsatte sin vej.

Det ville ikke være godt at stoppe op og tænke over det.

Hendes fødder begyndte at gøre ondt fra hendes hæle, så hun tog dem af og trådte væk fra brostensstien og lod fødderne lede hende til kanten af floden, hun kendte så godt.

Han stak fødderne ind i flodbredden og så bare på vandet i lang tid.

"Hvad tænkte jeg?" Hun mumlede endelig.

"Det er det, jeg gerne vil vide."

Hun nærmest skreg, da hun vendte sig om.

James stod bag hende med krydsede arme vredt og rynkede panden.

Men panden blev langsomt erstattet af et blik af forvirring og bekymring.

"Samy, du græder. Hvad er der galt?"

Hun kiggede væk fra ham og krydsede floden til den anden græsklædte bred.

"Jeg skulle ikke have gjort det. Jeg skulle ikke være kommet i baren i aften klædt sådan på. Jeg skulle ikke have troet, at jeg havde en chance."

"Samy, hvad fanden snakker du om?"

Han gik hen og tabte sin hånd på hendes skulder.

Hun rystede, hun var kold.

Han tog skyndsomt sin frakke af og draperede den over hendes skuldre og bevægede sig bag hende for at gnide hendes arme.

"Du så smuk ud derinde. Jeg tror, jeg glemte, hvordan jeg skulle trække vejret, da du kom ind."

"Jeg har set de kvinder, du normalt er sammen med. Jeg er ikke som dem, James. Jeg er ikke elegant eller super sexet. Jeg er ikke blond, høj eller langbenet eller har en perfekt krop kan lide dem. Jeg har ingen løsning . " imod det. Jeg vidste ikke engang, hvad jeg lavede." Hun afsluttede hvisken.

"Virkelig? Du kunne have narret mig derinde."

Han vendte hende mod sig og lænede sig frem og pressede sine læber mod hendes hals.

Hun rystede.

"Din krop føltes perfekt, da du pressede mig mod dig på det dansegulv."

Han rakte op og omsluttede hendes bryst og sporede omridset af hendes brystvorte gennem hendes bluse.

Det fik hende til at ryste lidt.

"De så ud til at vide, hvad de ville gøre, når vi kyssede og pressede sammen."

Han lænede sig ind over hende og tvang hende ned, indtil hun lå på gulvet.

"Lad mig vise dig, Samy. Lad mig vise dig, at du er mere, end du tror."

Hans læber gled mod hendes, før de gled ned ad hendes hals og hen over den tynde bluse, der dækkede hendes bryster.

Hendes ånde stak i hendes hals, da hans læber først fandt den ene brystvorte og derefter den anden, og suttede langsomt på dem, mens hun buede sig ind i hans berøring.

Hans fingre fandt behændigt kanten af hendes skjorte og begyndte langsomt at trække den op, og drillede hendes hud, da den viste sig.

Han løftede den forbi hendes bryster og holdt den lige over dem, mens han kyssede hendes højre bryst og smagte hendes hud.

Hun stønnede, da James endelig bragte sine læber til toppen af hendes bryst, tog brystvorten mellem hans tænder og rykkede forsigtigt i den, før han sutter på den.

Hun stønnede endnu højere, da hans hånd begyndte at ælte hendes andet bryst og rullede hans håndflade over hendes brystvorte gentagne gange.

"Du ser?" Han trak vejret mod hendes hud. "Du er den perfekte kvinde".

Han begyndte at kysse hende på vej ned og tegnede cirkler rundt om hendes navle med tungen.

James smilede til hende, da han rakte ud efter hendes nederdel, og i stedet for at trække den ned, skubbede han den op.

Forsiden foldede sig tilbage, og i næste øjeblik lagde han bløde, legende kys langs hendes varme høj over hendes trusser.

Hun var allerede våd.

Hun kunne mærke ham gennem sine trusser, mens han gned sin næse mod hende.

Hun rystede under ham, og han strøg forsigtigt hendes fingre op og ned, mens han brugte sine tænder til at glide hendes trusser ned.

Han kyssede hende igen, uden nogen barriere mellem hans læber og hendes fisse.

Han begyndte at glide sin tunge langs hendes slids, og hun stønnede, hendes hofter buede vildt, så han pressede sin tunge dybt ind i hende og trak den over hendes klit.

Samy stønnede og buede sig mod sin tunge, glæden strømmede gennem hende, mens han græssede sine tænder mod hendes klit og gled en finger ind i hende.

"Jeg løj," trak han vejret mod hendes klit. "Jeg glemte ikke bare, hvordan man trækker vejret."

James suttede blidt på hendes klit, og hans finger pumpede ind og ud af hendes stramhed.

"Jeg kom næsten i mine bukser, bare så på dig tidligere."

Hendes fingre greb om hans hår, og han smilede mod hendes fisse, mens han gled en anden finger ind i hende og kørte sin tunge over hendes klit gentagne gange, indtil hendes krop rystede under hans mund.

Hans fingre strøg hende ind og ud, spændende hende og lokkede hendes krop til at reagere, indtil hun vuggede mod hans hånd og tunge.

"James," hendes stemme vaklede næsten, da den vred sig i hans hånd. "Vær venlig ikke at stoppe nu!"

Hans ord kom frem i en blød, vidende tone, men steg hurtigt i volumen, mens hun skreg af glæde.

Han bed blidt hendes klit og suttede nu hårdt på den, og hans fingre skubbede hårdt ind i hende og tog hendes klimaks.

Han slikkede ivrigt hendes saft, og da rysten i hendes krop aftog,

Da han var færdig, bevægede han sig over hende.

Han smilede og hvilede sin pande mod hendes og lod sin krop støde mod hendes, mens han så hende ind i øjnene.

"Jeg fortalte dig, du er lige så meget en kvinde, som de er, hvis ikke mere."

Hans øjne glimtede med noget, der kunne have været tvivl, da han så ind i James' øjne, men så lod han fingrene løbe over brystet og ned til den hårde bule i bukserne.

"Er det derfor, du har det så svært?

Fordi jeg er en kvinde som dem?"

Hendes fingre strøg op og ned mod hans pik, og han kunne ikke lade være med at stønnen, der gled forbi hans læber.

Han havde dog ingen chance for at reagere, da hendes læber fandt hans, og alle tanker blev slettet fra hans sind.

Hendes fingre gled til hans bryst, og hun begyndte behændigt at knappe hans skjorte op.

Hun trak den hurtigt ud af hans bukser og skubbede ham til siden, mens hun trak hans skjorte helt af.

Knappen på hans bukser rykkede op, og lynlåsen gled næsten af sig selv.

Hun trak hans bukser og boksere nok ned til at frigøre hans pik og slyngede sin lille hånd om den, strøg den langsomt, så han stønnede og pressede sig ivrigt mod hendes hånd.

Han stønnede irriteret og rejste sig, tog sine bukser og boksere af i én bevægelse og vendte sig mod hende.

Hun lå nu på knæ og smilede til ham, mens hun endnu en gang slog hånden om ham.

Han lænede sig ind over hende, gav hende langsomme kærtegn og lukkede øjnene.

I det næste øjeblik spredte han dem dog, mens hendes læber viklede sig om hans pik og langsomt bevægede dem op og ned af hans hårde lem.

Han lagde nu sine hænder på hendes baghoved og begyndte langsomt at støde hende ind og ud af hendes mund, mens hun suttede ham med hver bevægelse.

Det tog ikke lang tid før de blide strøg blev hurtige og korte, Samy sugede ham hårdere jo hurtigere han bevægede hovedet.

Hendes hånd kærtegnede hans baller og rullede dem frem og tilbage, mens hendes mund strammede sig om ham.

Da hun legede med sin tunge på hovedet af hans pik, eksploderede han i hendes mund.

Hun slugte hurtigt, da han sendte sin ladning ind i hende, trykkede hendes mund og hals mod hans pik, hvilket fik ham til at komme endnu hårdere og med flere sprøjt, indtil han til sidst brugte sig selv.

Hun gled langsomt hanen ud af munden og lod sit blik falde ned på gulvet.

Han faldt på knæ foran hende og lagde sin hånd mod hendes kind.

De var kun et skridt væk, da James' finger sporede siden af hendes ansigt, dyppede hans finger under hendes hage og løftede hendes øjne til hans.

"Vi er ikke færdige endnu."

Hans stemme var så lav, at den sendte rystelser ned ad hendes rygrad, mens hun stirrede undrende på ham.

Han lænede sig ind og pressede sine læber mod hende og forstærkede hurtigt kysset.

Da hans tunge gled forbi hendes læber, gled en hånd bag hende og trak hende mod ham, så de var kød til kød.

Hendes brystvorter pressede saligt mod hans bryst, og hans nye erektion pressede hårdt mod hans nedre mavemuskler.

Hun bevægede sig og gned sin krop langsomt langs ham, hvilket fik ham til at stønne, da deres kys blev febrilsk.

Han lagde hende tilbage og gled hendes nederdel op ad hendes ben.

Han så på hende i et langt øjeblik, før han bevægede sig.

Han lænede sig ind over hende igen og lagde et let kys på hendes mave, lige over hendes navle.

Han smilede mod hendes varme hud og begyndte at kysse opad og vendte sine tidligere handlinger om.

Hans læber drillede knap mod hendes bryster, før de lagde sig på hendes hals og kærtegnede hendes hjerteslag.

Han bankede mellem hendes ben, hans lem pressede mod hendes våde slids, mens hun slyngede sine ben om hans talje, og han gled sine arme om hende.

I en hurtig bevægelse sad James med hende på skødet og, hvis dette var muligt, pressede han sin pik endnu længere ind i hende.

Hun vred sig lidt og han stønnede.

Han kyssede hende, indtil han nåede lige under hendes øre og trak forsigtigt i hendes lap.

"Sig mig, Samy, vil du have det?"

Hans ånde var varmt mod hendes hud, og hun rystede.

"Vil du have min store, hårde pik begravet inde i dig?"

Samys svar lød næsten som et støn, da hun gned sig mod ham.

"Ja. Venligst, James, jeg har ønsket det her siden..." men hun stoppede hurtigt med en rødmen stadig på kinderne og så væk.

James havde ingen anelse om det.

Han tvang sit blik tilbage til hendes og hvilede sin erektion mod hende.

"Afslut, hvad du sagde."

Hun stønnede og hendes negle gravede sig let ind i hans hud.

"Jeg har ønsket det, siden jeg mødte dig."

"Så fortæl mig, hvor dårligt du vil have det."

Det var ikke et krav, mere en anmodning, da han gled fingrene over hendes bryster og langsomt æltede hendes kød.

Han kunne mærke hendes varme udstråle mod hans pik, og han gjorde alt hvad han kunne for ikke bare at smide den ud og tage den.

Hendes svar overraskede ham og knuste al den selvkontrol, han havde brugt.

"Jeg vil ikke have det. Jeg har brug for det, James."

Hendes øjne var låst på hans nu, og han stønnede sagte mod hendes hud, mens hun pressede sig selv fast.

"Jeg har så meget brug for det, jeg har drømt om det så længe. Please. Jeg har brug for, at du knepper mig."

Det kunne jeg ikke nægte ham mere.

Efter det kunne han ikke holde igen.

Han løftede hende, indtil hovedet af hans pik blev presset mod hendes åbning, og så tabte han det hurtigt ned på hende.

De stønnede begge.

Hendes fisse var så stramt omkring hans pik, at da han begyndte at bevæge hende op og ned på sit lem, virkede hans hårde længde endnu større indkapslet i hende.

Hun stønnede og ved at bruge sine ben som løftestang begyndte hun at hoppe på hans pik.

Hendes bryster hoppede frit mod ham, og hendes brystvorter vinkede til ham, mens han lænede sig frem og begyndte at sutte.

Hun stønnede og begyndte at hoppe hurtigere på hans pik og skubbede sig selv igen og igen.

Hans læber drillede hendes brystvorter, trak dem ind og suttede, og førte derefter hans tunge hen over dem og nappede, mens hun studsede, stønnede mod hendes hud og sendte vibrationer gennem hendes bid.

Hendes fisse var så våd, at fugt løb ned af hans pik, og han stønnede, da hun med vilje knugede sin slids om ham, hvilket fik ham til at modstå hende mere.

Han vippede dem begge, så hun var på ryggen igen på græsset og begyndte at banke hans pik hårdt ind og ud af hende.

Samy stønnede endnu højere, hendes negle rakte hende tilbage, da endnu et hårdt stød bragte hende tilbage til sit klimaks.

Den stramme krampe omkring hans pik fik James også hurtigt til at komme, og han slog endnu hurtigere ind i hende, mens han gryntede, mens hans varme sperm fyldte hende, indtil det væltede ned over hendes lår.

Han faldt til siden og gispede.

Han trak hende så hen til sig og kyssede bløde på siden af hendes ansigt.

"Nu går der fem år mere, før du er modig nok til at gøre det igen?"

Han smilede og kyssede hendes læbehjørne.

"Aldrig, James."

Samy smilede og børstede sine læber mod hans.

"Godt, for jeg tror ikke, jeg kan holde hænderne fra dig i mere end en dag eller to."

Samys latter ekkoede over søen, og James smilede, da han satte sig op og kyssede hende dybt.

Dette kunne helt sikkert være starten på noget meget interessant.

UVENTET MODTAGELSE

Glenn kommer hjem efter en hård dag på arbejde og efterlader sin dokumentmappe og frakke ved døren.

Han synes, at huset er usædvanligt stille, men lægger ikke meget mærke til det og går til soveværelset.

Mens han går op ad trappen, dufter han den vidunderlige duft af sin elskede kone Susans parfume.

Da han når trappeafsatsen, hører han de svage lyde af musik, der svagt flygter gennem døren til hans værelse.

Han sørger for ikke at larme og åbner langsomt døren.

"Susan?" Siger han med en ret dyb mandsstemme.

Efterhånden som døren åbnes bredere og bredere, får synet af hans nøgne krop, der ligger på sengen, ham til at ryste.

"Ja skat." siger hun med lummer stemme.

Han begynder at gå hen mod sengen, men hun beder ham om at stoppe.

Forundret gør han, som han får besked på, velvidende at hun har noget på hjerte.

Hun står ud af sengen.

Hans krop bevæger sig med stor ynde.

Han kan ikke undgå at være fikseret på hendes lækre bryst, der bevæger sig lidt, mens hun går hen mod ham.

Han mærker sin pik stivne, mens hans tanker passerer igennem "Hun er så smuk".

Hun rækker hænderne ud og løsner hans bælte.

Også hans bukser, han knapper dem op og sænker dem.

Dette får ham til at ryste af begejstring.

Siden hun ser ham så ophidset, smiler hun og trækker hans boksere ned med et sultent behov for at sutte hans hårde lem.

Hun lægger forsigtigt sine hænder på hans nu oprejste pik og stryger den langsomt.

Så stikker han tungen ud og slikker hovedet, inden han lægger det i munden.

Han stønner, da hun begynder at sutte hans hårde pik.

Flytte den ind og ud af munden hurtigere og hurtigere.

Så vender han langsomt tilbage til et lavt tempo og hvirvler tungen rundt om hovedet, mens han stryger den med hånden.

Han stønner, mens hendes hånd kærtegner det lyserøde hoved på hans pik.

Så slikker hun hans baller til spidsen af hans pik.

Hun tager det ud af munden og rejser sig for at kysse ham lidenskabeligt, mens hun tager hans skjorte af.

Han slår sine varme arme om hende, trækker hende tættere på sig og mærker hendes bryster presset mod hans bryst.

Mens de kysser, løber hans hænder ned ad hendes krop og mærker hendes bløde hud under hans fingerspidser.

Hans hænder bevæger sig over hendes røv, og han klemmer den hårdt.

Han løfter hende i røven, der vikler hendes ben om hans talje og bevæger sig mod sengen.

Han lægger hende forsigtigt ned og bevæger sig oven på hende.

Han kysser hende dybt ned til hendes hals og bryst.

Han slikker langsomt rundt om hendes højre bryst og kommer tættere på hendes nu oprejste brystvorte.

Han placerer hendes brystvorte i munden og sutter på den og bider blidt i den.

Han bevæger sig til det andet bryst, rækker ned og begynder at gnide hendes klit, hvilket får hende til at øge vejrtrækningen og begynde at stønne let.

Han gnider hurtigere, mens han kysser hendes mave med fokus på hendes navle.

Hun mærker, at hun bliver meget våd, og hendes vejrtrækning bliver hurtigere.

Han kysser hendes søde høj og erstatter derefter sine fingre med sin tunge.

Forsigtigt sutter og bider hendes klit.

Dette sender hende på en bølge af glæde, jamrende.

Så indsætter hun en finger, der løber forbi hendes hævede fisselæber og ind i det hemmelige, glatte sted.

Han glider sin finger langsomt ind og ud og indsætter så hurtigt endnu en finger, mens hun stønner.

Han fortsætter med at koncentrere sig om at sutte på hendes klit, mens hans fingre i høj grad rammer det særlige sted inde i hende, som han ved driver hende helt til vanvid.

Hun stønner højlydt og mærker en prikkende fornemmelse fra højre ben op og rundt om kroppen og ud til venstre ben.

"Åh skat!" hun stønner, "Det føles så godt!"

Glenn ved, at hvis han fortsætter med dette, vil hun helt sikkert gå ud over kanten, så han sætter farten ned og kysser hende tilbage for at fortære hendes mund.

De deler et lidenskabeligt kys.

Deres tunger danser sammen.

Han fjerner fingrene fra hendes nu gennemblødte fisse og begynder at massere hendes højre bryst.

Hendes støn undertrykt af kyssene.

Kysset brydes, og hun hvisker i hans øre:

"Jeg har brug for dig indeni mig, skat."

Omtalen af hans hårde pik, der glider ind i sin elskers våde fisse, får ham til at grynte af begær, og han bevæger sig oven på hende.

Han spreder hendes ben med sine hofter og placerer sig for at komme ind i hende.

Han leger med det, indsætter kun hovedet og trækker sig så langsomt tilbage.

"Vær venlig at give det hele til mig." Hun beder ham, men han sejrer og følger tempoet i spillet, indsætter kun spidsen og trækker den tilbage, når hun begynder at stønne.

Til sidst, på et uventet tidspunkt, kører han sit hårde medlem hele vejen for at få hende til at skrige.

Han begynder langsomt at støde ind og ud af hende med lange, hårde strøg.

Han begynder at stryge hårdere og hurtigere ved at trække i hendes røv for dybere penetration.

"Åh Gud, du har det så godt indeni mig. Jeg elsker dig så højt, når du knepper min fisse."

Ved dette knurrer han og trækker sig pludselig tilbage.

Han tegner, at hun skal vende sig om, og hun gør det hurtigt med et hop af begejstring.

Han ved, at det at komme ind bagfra er en af hendes yndlingsstillinger, og han elsker også at give hende det på den måde.

Han sætter sin pik ind i hende og begynder at støde hårdt og hurtigt.

Hun stønner højt og fortæller ham højere.

Han elsker at kneppe sin dejlige kone, så han begynder at blive mere barsk med hende.

Hans krop og baller slår mod hendes nu røde røv.

Hun begynder at skubbe tilbage i hans stød, hvilket får hans pik til at gå endnu dybere ind.

De stønner begge af fornøjelse.

"Åh, jeg har tænkt mig at komme, skat. Er du klar til mit sperm?"

"Åh ja skat, jeg skal også komme."

Et par slag mere, og Susan skriger af fornøjelse, og hendes krop begynder at ryste, mens hendes orgasme overvælder hende.

Glenn mærker væggene i hendes fisse begynder at malke hans pik, og han kan ikke holde det mere.

Han knurrer hendes navn og skyder sin varme sperm dybt inde i hendes nu cremede og våde fisse.

Susan, udmattet af hans eksplosion, hviler på sine albuer, mens hun mærker, at han skyder et par flere sperm ind i hende.

Tilfreds og forsøger ikke at falde oven på hende, trækker han sig langsomt tilbage fra hendes fisse og griber hende i taljen og trækker hende op på sengen med sig.

De ser ind i hinandens øjne, begge overskygget af de kraftige orgasmer, der lige var gået gennem deres kroppe for få sekunder siden

.

En tilfredsstillelse af gensidig viden dvæler i rummet, mens de to falder i søvn i hinandens arme.

UTILFREDS

Det er en kølig morgen.

Jeg skal på arbejde, men jeg har ikke lyst til at stå op.

Når jeg ligger her, tænker jeg på at elske dig.

Jeg kan se dine øjne kigge på mig og smile til mig.

Jeg kan allerede mærke varmen bygge sig i skridtet.

Jeg glider forsigtigt min hånd over mine bryster, som om dine øjne følger den.

Mine brystvorter reagerer med det samme og hærder.

Jeg løfter brystet for at suge en brystvorte forsigtigt ind i min mund.

Jeg mærker dine læber lukke sig om den anden brystvorte og et dybt stønnen undslipper mine læber.

Jeg mærker saften, da den begynder at glide ned fra indersiden af min fisse.

Jeg bevæger mine hænder rundt om min mave og derefter ned til mit underliv og forestiller mig, at dine hænder rører ved mig.

Jeg glider langsomt min langfinger ind i fugten og varmen.

Jeg klemmer min finger, som om din pik er begravet dybt inde i mig.

Når jeg glider min finger ind og ud, begynder mine hofter at bevæge sig i en cirkulær bevægelse.

Jeg mærker, at min finger vil have mere af den fornemmelse, der bliver skabt.

Min håndflade har fanget saften, der nu kommer ud af min fisse.

Jeg slikker den søde smag af min håndflade og glider min lange finger ind i min mund og forestiller mig, at det er din lækre pik.

Jeg omgiver langsomt spidsen af min finger med min tunge, som om det var hovedet på din pik.

Jeg bevæger min tunge langs min finger, hvirvler den rundt for at fange hver en smule juice.

Jeg lukker mine læber tæt omkring bunden af min finger og glider min mund til spidsen og begynder at arbejde min tunge rundt om toppen af min finger.

Hvad forestiller du dig, at din pik er begravet i min mund?

At se mit hoved bevæge sig op og ned, suge dig dybt ind i min hals med mine mundmuskler i arbejde.

Jeg sutter din pik, og du kan mærke, at min tunge og mund sutter dig, ligesom jeg føler, at du har suget mine brystvorter.

Min tunge bevæger sig overalt , mine våde læber bevæger sig konstant med behovet for at suge dig hårdere, hurtigere og dybere.

Jeg er meget begejstret for tanken om at føle dig begravet i mig.

Jeg tager min finger og glider den tilbage i min fisse og sørger for, at den er gennemblødt.

Jeg tager min finger ud og gnider den over hele min slids og dypper den i igen for mere fugt.

Denne gang gnider jeg også mit stramme bagerste hul.

Jeg glider langsomt en finger ind, og orgasmen er øjeblikkelig.

Jeg ville elske, at du kneppede mig med dine fingre og din pik på samme tid.

Jeg elsker tanken om at blive fyldt af dig.

Jeg ruller ind på maven og begynder at arbejde med min klit med begge hænder.

Flytter mine hænder til min mave, trykker fast på min søde høj.

Jeg knepper mig selv med mine hænder, indtil jeg mærker, at fornemmelsen begynder.

Fornemmelsen starter dybt nede og får mig til at knytte mig, mens jeg går for at komme igen.

Jeg bevæger mine hofter hurtigere, mine fødder krøller sammen med behovet for at eksplodere indeni, mens jeg knepper mig selv.

Et langt, dybt, gutturalt stønnen undslipper, mens jeg helt klimaks og eksploderer.

Udmattet lægger jeg mig på ryggen, tænker på, hvad jeg lige har oplevet, og finder mig selv ophidset igen.

Jeg bliver ved med at spørge mig selv "hvad er det for en magi, du har på mig"?

Ingen mand har tændt mig så meget som dig.

Jeg ser dig i mit sind, den kærlige og sexede mand, du er.

Jeg kan mærke dine bløde, søde læber på mine.

Den måde din silkebløde tunge omrider mine læber og dine tænders bløde bid.

Måden din tunge glider dybt ind i min mund og smager hvor sulten jeg er efter dig.

Måden din tunge omgiver min og den søde udveksling af dit spyt blander sig med min.

Jeg kan mærke din varme mund, når den bevæger sig mod mit øre, og varmen fra spidsen af din tunge, når den piler indenfor.

Den bløde hvisken af mit navn bringer et sus af sperm lige ind i min søde fisse, og din mund bevæger sig til mine hårde, oprejste brystvorter.

Langsomt kredser din tunge om min venstre brystvorte, og du blæser så blødt.

Du lukker munden over min reaktive hårdhed og jeg stønner.

Min højre hånd begynder at glide over mine brystvorter, og jeg løfter det venstre bryst mod min mund for forsigtigt at sutte på brystvorten og efterligne, hvordan din mund ville føles.

Langsomt glider mine fingre over mine ribben mod mit underliv og de lange, tynde fingre på min hånd når min søde klitoris.

Forsigtigt børster spidserne mod knappen, og min langfinger glider ind til den første kno for at mærke fugten, der har samlet sig der.

Jeg glider min finger dybt for at frigøre din sperm og fanger honningsaften i min håndflade.

Jeg slikker saften fra min håndflade og nyder smagen og lugten af sex.

Jeg glider min langfinger, helt op til den første kno, ind i min mund og forestiller mig, at det er hovedet på din pik.

Langsomt hvirvler min tunge rundt og smager igen saften, og jeg ved, at det er dit præcum, jeg smager på min tunge.

Min varme, våde mund glider over min finger, som var det dit varme, hævede lem.

Min mund lukker helt og glider op til spidsen, mens min stramme mund suger bare det forestillede hoved af din silkebløde pik.

Mens jeg øger tempoet med at kneppe min finger i munden, kan jeg næsten mærke spændingen i dine baller, da spermen begynder at stige.

Ved netop denne tanke mærker jeg væden glide ud af min fisse, og jeg ved, at jeg skal kneppe mig selv.

Jeg ruller hurtigt op på min mave, mine hænder rækker ud efter min fisse.

Jeg presser dem hårdt mod min høj, mens puderne på mine fingre finder min klit.

Mine hofter begynder langsomt at rotere, rundt og rundt, mens mine fod- og benmuskler begynder at spænde, og mine fingre arbejder på min søde fisse.

Jeg ser dig komme ind bagfra, og jeg forestiller mig din pik, gennemblødt af mine safter og glinsende i fugtighed, mens den glider ind og ud af min fisse.

Åh, for fanden, jeg er så forbandet tændt, da mine fingre og håndflader presser hårdt... så hårdt de kan, som jeg klimaks.

Mine fødder og ben er knyttet sammen, min krop gyser af intensiteten.

Jeg vender mig om på ryggen og forestiller mig din søde, dunkende pik inde i min spermetørstige fisse.

Mine fissemuskler bliver ved med at klemme sig, som om de suger spermen ud af din pik.

Og så ja, jeg kan næsten mærke din varme tunge, mens den glider op og ned af min slids.

Din mund lukker sig over læberne på min fisse, og den hurtige bevægelse af din tunge får mig til at komme i din mund.

Og du rejser dig, skræver over min krop og skubber din spermevædede pik ind i min mund.

Jeg nyder smagen af vores blandede juice, mens jeg sutter og slikker rent.

Jeg falder sammen på sengen, min krop ryster stadig og prikker.

Hvilken vidunderlig følelse du får mig til at føle med dig.

ENDE

Don't miss out!

Visit the website below and you can sign up to receive emails whenever Erika Sanders publishes a new book. There's no charge and no obligation.

https://books2read.com/r/B-A-IGGS-NHNOC

BOOKS 2 READ

Connecting independent readers to independent writers.

www.ingramcontent.com/pod-product-compliance
Lightning Source LLC
LaVergne TN
LVHW101954220826
846093LV00006B/212
* 9 7 9 8 2 2 3 2 4 9 9 1 7 *